歌集

糯（もち）の木（き）

朝比奈　美子
Asahina Yoshiko

飯塚書店

歌集　䔍の木　＊　目次

Ⅰ

釘　11
白日夢　14
保護色　18
くすりゆび　22
風紋　29
蘂明　31

Ⅱ

親族のごとく　41
素足いくひら　45
「耐」の文字　49
杭　52

「ひ」の文字　55
紫陽花列車　59
ペン胼胝　64
吟行　68
犬の遠吠え　72
祖母の背　76

III

朝の鶏卵　81
池袋リブロ　83
正方形　86
地軸　89
綿羽　94
渚ゆくシギ　98

柵 102
火のいろ 108
じゃんけんぽん 111
綿雲 117
椎の風 120
栞紐 125
三七日、七七日 130
雪とハモニカ 132

Ⅳ

沼杉 137
隙土 140
硬質の音 145
ゼッケン4 149

時雨虹 153
螺階 155
欠落 158
花の灯 161
花びら膳 164
百歳まんぢゆう 168
虹が出てるよ 171
鍵託されぬ 173
亀 177

あとがき 182

歌集　蘺の木

朝比奈　美子

I

釘

夜の壁に打たむと握る鉄の釘指に金属の冷え伝はり来

釘を打つ金槌、居間にひびきつつ夜のさびしさ広がりゆけり

打たれつつ壁に沈みてゆく釘を生き物のごとしとわれは見てをり

すべらかな生地ここちよし中年の肌をつつめる薄きインナー

歌集、歌書あまた積まるる一角はきよらかにしてわれの空間

東京に遊学したる娘の部屋の窓より差せり朝の太陽

白日夢

——水べりに佇つ——

形なきよろこび胸に湧くゆふべショパンを弾けり窓開けしまま

生きてるといろんなことがあるのだよ子に言ひながらみづからに言ふ

新聞のうへに広げて乾かせば馬鈴薯のなか音を秘めたり

わがためにに椅子おきくるるひとのあり椎の若葉のひかる窓の辺

信頼も度を越せば人を傷つけて深夜に目覚む三時また四時

さかしらをする人たちも包み込む土のやさしさもちたしわれは

*

ゆふかげに千のすすきの染まるときわがうつし身は透明となる

剥き出しの木の根ふむときおもふかな土踏まずとふあうらの窪み

歌詠みて得しもの失くせしものあれば歌をかなしみ水べりに佇つ

目閉づれば川音低し目開くればふたたび高し川は生きてゐる

保護色

保護色はそらのみづいろ　すこしなら詠んでいいのだココロの闇も

拒みつつわれの助言を待ちてゐる若き顔あり卓の向かうに

家族らの髪二、三本浮いてゐる夜の湯に沈み想ふ来し方

悲しくはないがときをり寂しくて指で文字書く「人」といふ文字

剥がしてはいけませんよといふやうに切手がありぬ紅葉の切手

空のどこから来たりし風か「辶（しんねう）」を書きてゆふべの庭を過ぎたり

笑ふにも泣くにも顔の筋肉の同じ部分が動くを知りぬ

不思議なることにてあれど家族より歌の友らがわれをよく知る

海を見てまた引き返す　砂浜にわれのつけたる足あと見つつ

ひとたびは辞めむとしたる歌なれどふたたび戻る歌阿呆われ

かなしみをついばむやうに千鳥をり波引きしのちひかる渚に

くすりゆび

水の無きプールの底に枯れ葉みえ冬は寂しも父とゆく苑

ゆつくりと眼鏡を卓に置く動作われもしてみる父の真似して

たまひたる林檎のあかき皮むけばよき香放てり人想ふ夜

地下駅のホームに本を読む人のそのきよらかな顔見つつ過ぐ

ふゆぞらを三たび大きく旋回しからすは低くとほく鳴きゆく

大縄を跳べる子供らどの足も校庭の土を懸命に蹴る

〈なはとび〉が競技となりて校庭にひびく縄音つよく鋭し

星の夜をはこばれてゆく葉書なれ投函ののちぬくし心は

あるときは薬師(くすし)の心もつものとみそひともじの器をおもふ

くすりゆび、人より長きわれの手を顔洗ひつつときに意識す

えんぴつは〈ただ、存る〉だけであたたかくバッグにもてり風寒き日も

この角を曲がりて三軒目の家に百とふたつの祖母は住みます

をみなゆゑわれを手伝ひくるる娘か蕎麦と伸し餅を切る大みそか

新年（にひどし）のひかりをあびて松、楓、欅、橅、梅、みな浄く見ゆ

ペン書きの太く優しき文字ありぬ印刷されし賀状の隅に

咲きそむる花のめぐりに透明な空気のありぬけさの梅林

充ち足りたかたちに梅のはな咲くを蕾もつ枝の下より仰ぐ

国道をとほく車のゆく音も梅咲くけふは耳に優しき

信じうる友いくたりのあることをふかくよろこび歌を詠み継ぐ

二〇一三・三・一一の朝の海なにごともなく波が来てゐる

風紋

くきやかな水平線に会ふために週に三たびは海を見にゆく

風紋のうへをしづかに砂ながれそのながれそのなが、れ、ず、な、押して風ゆく

浜砂に水を垂らしてサーファーが大き魚影のごとく過ぎたり

子を思ひまた歌おもふくるしみも渚の光（て）りに吸ひ取られゆく

砂浜にしづかな傾斜あることが疲れたる日のわれのやすらぎ

藥明

感情をつきつめる無く歌にせしこと幾たびか顧み思ふ

ひと気なき卯月のあさの薔薇園に園丁のゐて枝を剪る音

大きビル、小さき家々、細き道、見てをり都電荒川線に

鼓笛隊ゆけばなつかし小太鼓の桴振る腕に受けし震動

モーツァルトの音色（おんしょく）きよき茶房にて無口な友と珈琲を飲む

眼底の検査了へたる目に入りてきらきらと広し都市の舗道は

病棟の屋上花壇に花の苗植ゑて笑みゐき晩年の祖母

花の色で「わたし、ここよ」と応へたり樹下(こした)に咲けるフデリンドウは

びつしりと花芽をつけてしづかなる躑躅の道は駅へつづけり

風たてば空も暗みて夕刻は菜炊(さい)くにほひ路地にみちたり

バランスを保つに難き儷子の字、麻痺ある母がリハビリに書く

日々夫を駅へと送るこの道で媼と犬に会ふはやすらぎ

難読文字「鹿尾菜」を歌に詠み込みて嬉しげな友みつつたのしき

わが友の耳のかたちを見てをりぬ耳に人格あるかのやうで

折鶴のやうに首垂れ語るとき少しかなしげうたびときみは

房総の白砂の浜にけさも来て過去世と同じ波の音きく

木にあそぶ雀の数が三羽ふえその一些事にこころ温もる

題詠「架空の地名を詠む」。

「歌会をやりましょう」とのはがききぬ虫国首都の蘂（しべ）明（あかり）より

白百合のかたちをおもひ飲み干せばさう不味くない造影剤も

自が生を歌もて照らす生き方を選りてしまひぬ恥多きわれ

II

親族のごとく

ペン先をインクに浸すときに顕つ二股道の三角交番

人の歩が踏み窪めたる石段にわがさす傘は雨を落せり

茂原市を驟雨わたりてゆきし午後雫のやうに呼び鈴鳴れり

実験につかふマウスはオスのみとさびしきことを娘はわれに言ふ

庖丁の刃さきに朝の水かけてけふ一日のはじまりとせり

軸ありて南に向ける風見鶏、落葉降るあさ塔の上にみゆ

平成二十五年十一月六日、田谷鋭氏逝く。

見る人を引き込むやうな笑み顔の師の遺影あり通夜の受付

み柩のちひさき窓は開いてゐてそこより拝む師のかんばせを

うたびとが親族（うから）のごとくつどへるをけふ先生の通夜の座に見つ

「先生」と呼べばふたつのS音が流沙の砂のやうにひびけり

深みあるかつ直截な表現を遺したまへり目の清き人

素足いくひら

歩みきて五十半ばのわが影は苑の蘇鉄の影に重なる

床(ゆか)の上を素足いくひら行き来して弟生れし夏の日ありき

さまざまなかたちにレタスちぎりつつ秋は聖歌のうたごゑを恋ふ

日なたよりさしのぞきつつ教室を直線多きところとおもふ

秋空にレンズのやうな雲うかびわがまなざしも青み帯びゆく

勝ち敗けで言へば敗者の側なれど敗けて見えくるものもまたある

家族らの生活(たつき)を容れて家ありぬそれぞれの影地(つち)に落して

地下道に影なき人と擦れ違ひうつし世のことつくりごとめく

被災せし図書館のまへ日は照りて水漬きし本と乾く土みゆ

やはらかきホルンの音色おもふかな書架ある窓に虹見ゆるとき

「耐」の文字

海棠の冬枝のいろのきよければ手触れておもふ植ゑたる父を

肩痩せてちひさくなりし歌の友しづかにいます歌会の席に

あきらかにきのふとちがふけふがきて鏡の中のけふの我と会ふ

悔しさをはがすならねどひといきに旧き暦を手は剥がしゆく

あたらしきボウルに青菜あらふとき水こぼれゆく銀のふちより

雪被き撓む庭木の枝見れば君の墨書の「耐」の文字顕つ

ゐたたまれなくなり寒夜外出（そとで）してわが家をみたり月のひかりに

わが受けしことばは空の風に言ひ母なることを忘れむとせり

杭

猫のごとこぶしでまなこ擦る癖、祖母より受けて弟はもつ

うたびとの〈心でつかち〉さんが待つ鉄道橋(ガード)の下の自転車置き場

幼き日この地「茂原」を「野ばら」だとおもひゐし娘も二十歳を越えぬ

冬ざれの谷津の干潟にゆりかもめ群れ飛び多の白ひるがへる

馬の尾の白き毛を張る弓が動き野風のごとく音生まれ出づ

ちちははの老いてこの世の奥ゆきの見えこし冬に翡翠に遇ふ

友と吾の目に守られて雨なかに翡翠を待つちさき杭あり

「ひ」の文字

満開の花の下枝に触れながら〈移動図書館〉校門に入る

まないたに無数の創をつけながらキャベツきざめりさくら散るあさ

人間（じんかん）にそつなく暮らす知恵として友の多くは孤独癖もつ

手のひらの機器にむすめと交信しすこし寂しい卯月のゆふべ

花散りて蘂のみのこる桜木の枝の間をゆくほのかなる風

門出でて石段くだる姑のため灯(とう)もて照らすそのあしもとを

十五羽の雛をともなひ葦蔭にカルガモ入りぬつつがなくあれ

あたらしき駅生まれたり家を売り祖母が施設に入るこの春

うつくしき「ひ」の文字ありぬ生き生きて百二歳なる祖母の日記に

実験用マウスを若き掌にのせて撫でゐむ吾娘のけふの日おもふ

紫陽花列車

――同人誌「桟橋」終刊に寄せて――

胴長きリムジンバスが目前（まさき）すぎ公孫樹青葉は陽の斑濃くせり

真鍮のドアノブひかる夕つ方人恋ひて弾くソナタ「悲愴」を

半月で蘜の葉すべて生えかはり初夏の狭庭はひかり濃くせり

いまごろはいづこでなにをしてをらむむかし吾が見しわれにゝ似るひゝと

中年をすぎて知りたること多くけふ海に来て引く潮を見る

吹く風に青葦ゆるるそのなかにそよがずに立つ我のさびしさ

「棧橋」の若き友人わが歌を深部に下りて批評しくれつ

箱根登山鉄道。

スイッチバックしつつ列車は登りゆくあぢさゐの花濡れて咲く山

身めぐりに哀しき話題多けれど友と睦みてあぢさゐを見る

筆名で歌詠む君が実名の文（ふみ）をくれたり水無月或る日

われよりも二十も若き友人が生の理不尽詠むは悲しき

庭の木にオルトランC噴霧して子は家ごもる夏の百日（ももか）を

矯められてむしろ雄々しき盆栽をステキと言へり異国の友は

ペン胼胝

姫こぶし夏日のなかに立つを見ていのちある身は亡き人おもふ

ペン胼胝のちひさくのこる老いの手に鉛筆もちて諭したまへり

吟行会下見にきたる沼の辺を水の返し陽浴びつつ歩む

水すべて排水口のなかに落ち銀にしづもる夜半のシンクは

マンションが建ちてつつじと花水木ふえたりちちとははの住む町

庭に咲く百日紅のくれなゐが青き愛車の屋根(ルーフ)に映る

雨の日は傘さし電車待ちたるよわがうぶすなの桜台駅

八十をすぎしちちはは住む家の門扉を濡らし小糠雨降る

家族らが立場立場にもの言ふをききつつ父はふかく黙せり

子に拘はる憂ひをよそにしづかなりむかし子と来し石神井池は

吟行

行く雲を映すしづかな水ありてそのしづけさに心和ぎゆく

廃屋のアパートありし二丁目の角で猫の子みうみう鳴けり

わが庭にふかく根を張る鶫の木の梢照らして白き月あり

月かげのとどかぬ鶫の葉裏より虫のこゑ立つ命あるこゑ

秋の日の仕事の音はここちよし落葉掃く音、靴磨く音

うつしみのつぶやきひくきこえくる三四二の『鎮守』読みて本閉づ

横顔がふいに真摯なものとなり歌詠む域に入りてゆく友

吟行の一日(ひとひ)暮れつつ斜めより沼面を染めてさすゆふひかり

総歩数二万四千五百歩の吟行終へてゆふべ靴脱ぐ

犬の遠吠え

われの歩にあかるき音を返しくる柿の落葉のこの道愉し

座をはなれ夕餉の仕度はじむれば耳にやさしも菜刻む音

こもり居のさびしさわれに打ち明けて笑みしづかなり老いたる友は

シャッターの降りし寒夜の街にきく地の哭くごとき犬の遠吠え

名刺がはりに歌集交換したりしにはや名の上に「故」の文字がつく

別れぎは友の手の甲握りたりわれにも姑(はは)と老い父母がある

水べりに大き樫の木立つを見てわれのうちなる少女よろこぶ

その妻のこゑに合はせて試歩をする町内会の人にまた会ふ

花束を送るついでに求めたる青き水差し夜の卓に置く

雨あとの睦月の午後の空青し梅の木下に雨靴を乾す

花鋏しまひて冬の一日終ふ温きことなり人と暮らすは

祖母の背

蓴菜（じゅんさい）の傍に添へたる塩のいろ生あるごとく皓しこの朝

最後まで御襁褓拒否して逝きませり明治生まれの一〇三の祖母

古稀すぎし息子に抱かれ湯浴みしてうれしかりけむ晩年の祖母

記憶ありこの祖母の背に背負(おぶ)はれて鶴見銀座のネオン見しこと

紅いバラ、白いカーネーション手向け棺の祖母にお別れをせり

陽のなかに動く黄鶲見てしよりその姿、色まならに棲む

Ⅲ

朝の鶏卵

この町に桜とコブシ共に咲き父訪へば父は笑み寂(しづ)かなる

ふるさとの明り障子をおもふまで肌理うつくしき朝の鶏卵

さしのぞく午前十時の沼(ぬ)の水に今世(こんせ)の白き花映りをり

桜観るわれの片方(かたへ)に歩を寄せて身の上ばなしする媼あり

就活でこころ忙しくゐる吾娘をいたはるやうに降る桜雨

池袋リブロ

灯を消して花と花瓶と本たちのひそけき息を聞きつつ眠る

みなもよりわづか立ちたる風受けて葦辺のコガモ向きをかへたり

池袋リブロ閉店する朝も黐の瑞枝にすずめ来て鳴く

池袋リブロの夏の古書市は長くわたしの愉しみなりき

むらさきに腫れたる己が指に問ふわれにピアノと歌のある意味

心（しん）太き母にならむと雨萎えのききやうの花の花柄（くわへい）に触るる

重力に抗ひ立てる噴水が風受けてふと秀の位置ずらす

正方形

真夏陽の昇らぬうちに引く草の青き熅（いきれ）がわが身を包む

八月の朝のつつじに水をやりわれみづからの心うるほす

甃石のくぼみにたまる打水に青筋鳳蝶(あをすぢあげは)おりきて憩ふ

波際で〈海に昇る陽〉待つ人らみなそれぞれに朝の面差し

雨傘をひらけば雨の音はして雨をききつつ本借りに行く

碑おもての戦没者の名読みゆくに烈しも四囲の樹光、蝉声

明日のためアイロン当ててハンカチを張りある正方形に畳めり

地軸

丘に来て没り陽みるときこの地球(ほし)の大き地軸の傾きおもふ

老年に近づくわれの横顔が美術館通路のガラスに映る

死にゆける友が形見にくれしペンけふは歌稿の浄書に使ふ

なにゆゑに生かされてゐるわたしかとおもふ　秋の野ゆきつつ思ふ

〈赤い羽根〉うけとりしときてのひらにたまゆらあはき鳥の影みゆ

瀬の水に石置くごとく助詞の「て」を置けばわが歌流れ変へたり

たまはりし林檎と柚子を輪切りにし手のひら明る師走ゆふぐれ

夫の手に磨かれてかく光りたる寒夜のガラス浴室にあり

もの言ふと唇をひらけばあたたかき息が洩れたり霜夜の道に

髪染めて師走晦日の夜の湯にざざんと泡の黒きを流す

つきかげの代りにわれの坐るとき固く冷たし運転席は

幸せを知らざるもののために咲く睦月の朝の素心臘梅

父の身をはなれて父の爪は飛ぶ父の坐れる木椅子の下に

飼主のあしながびとを友としてちひさきけものポメラニアン行く

綿羽

芝の上のぬくき場所得て如雨露あり垣に蔓バラ咲く家の庭

ミツバチの春の顫音ちかづきていちごばたけに日ざしのゆるる

引越しの荷物出したる娘の部屋にヘアピン残るまそほの色の

波の秀に綿羽生るる一瞬が好きと娘は言ふ海見つめつつ

デイケアに父をゆだねて春の日をいかにいますや病もつ母

信号が青になるまで見てをりぬ道の辺に咲く踊り子草を

老いふかき父母また姑にかかはれば雨の土曜は空ばかり見る

さくら蘂散りて十日の町角に木香薔薇の黄の花ひらく

ふるさとにもう木斛の木はなくてわたしはことし華甲を迎ふ

水温む沼に揺れつつ育つ藻の花咲くまでの日月（じつげつ）おもふ

渚ゆくシギ

哀悼、柏崎驍二氏。

亡き君も笑みつつ浜を見てをらむちひさきシギが渚ゆくとき

一対の女男の道祖神(くなと)を賜びしことわが若き日の記憶のひとつ

いのちある側のわれらは君亡き日いつものやうに歌会に行く

にんげんが空気とともに乗り降りし山手線はいま御徒町(おかちまち)

賜物のごとし身罷りたまひし日『四月の鷲』を読みてゐしこと

雨の夜の醤油の瓶に見出でたり花びらほどのわたしの指紋

ひらきゆく朝の桔梗のうちにある花のかたちの素水をおもふ

君の死を受け容れがたくゐるあした雀孵りぬベランダに五羽

生れたてで怯ゆる術も知らざれば子雀は見すくちやくちやの貌

空に舞ふ黒揚羽二羽、恬淡といのちをつむぐ七月二十日

逢ひたくばここにおいでといふやうに君の歌あり歌集のなかに

柵

雨あとの泥濘（ぬかり）の土に立つわれの脛（はぎ）に触れくる路地のあぢさゐ

〈つくも苑〉は町の老人施設にて点る小窓が雨夜七つ見ゆ

吟行会下見はいつも愉しくてはじめての路地、はじめての坂

輪郭のくきやかなるをよろこびてあをききやうを朝の手に摘む

改行をせず散文を書くごときバリアフリーの父の家寂し

きそも笑みけふ笑み明日も笑むならむ記憶失せたる父のくちもと

夏なのにセーターを着て父は居り大き木匙に粥掬ひつつ

冠り毛の蓬けし夏の蒲公英が父のこゑにてわたしを呼べり

その芯にあたたかな黒たたへたり歌作(な)すと持つ夜の鉛筆は

象の眼とわれとの間に柵ありて柵にしづかに秋の陽は差す

ちちのみの父はわたしの手を握り「楽しいことを話そう」と言ふ

木のありて風渡るときひかりみゆ父のベッドの脇の窓より

文学好き、世間知らずのこの人のむすめなることわが誇りなり

父の入るケアセンターの介護士が「義久さん」と父の名呼べり

入江なす島のかたちに雲浮かび水あるごとき秋のゆふぞら

火のいろ

ゆたかなる闇ありしころ手花火に残る火の色あたたかかりき

書斎には父ゐて本を読みてゐきとほき記憶のなかの日曜

まよなかに施設の父をおもふとき背後に揺るる銀の穂すすき

擦りむいた肌の色せる落日を見舞ひ帰りのバス停に見つ

会ふたびに発することば片(きれ)となる父なりそつとその手握りぬ

語尾つよく尋ねたるときわれに向く生ある父のふたつみみたぶ

父の言ふ〈好きな風景〉は秋にして灯台（どうだん）つつじの緋（あけ）燃ゆる庭

洞（ほら）のある樫の古木のやうな人　父をたとへて或るひと言へり

じやんけんぽん

鴛鴦（をしどり）の胸が押しゆく水の輪を霜置くあした池の辺に見る

橋の上に佇つのは知らぬ人ながら少し猫背でわが父に似る

言葉なき会ひとなれるはさびしきにじやんけんぽんす施設の父と

雪のよる〈拝復〉と書く便箋に代赭のいろのほそき罫あり

父の杖立て掛けられて雪の夜のトイレの壁の白の寂しさ

疲れ出でひとり入りたる夜の茶房あかるき卓と沈む椅子あり

学校とケアセンターのある丘のうへにいでたり二日の月は

娘とわかり笑みつつわが名呼ぶ顔も今をすぐればひとつ過去（すぎゆき）

コンサート果てて地上を歩むわれ人の踏みたる落ち葉を踏みて

歳末のわが愉しみのひとつにてポチ袋六つに貼り絵すること

呆けゆく父のまなこの一点につね白光のあるをさびしむ

枯葦がこまかき影を置く池に餌をあさりをり越冬の鴨

臘梅の古木に咲ける花の香が文字書くわれの手元まで来る

こぞ見しはすでにむかしの父にして盆栽に水やりていましき

みづうみの縁(へり)に点れるちさき灯か施設に暮らす父のいのちは

綿雲

箸先で身の弾力を示したり汝が祝婚の宴の鯛は

いくたびも繰られてわれのピアノ譜は音符もろとも紙の端欠けつ

都市地下に虚構のやうな駅増えて住宅街の昼のひそけさ

漱石の漢詩を読めと父言ひき言葉にわれの悩みゐたる日

人の世の〈にんげんもやう〉おもふまで電線は町の処々で交叉す

七曜の央に水の日のありて排水口のなかを掃除す

面会票下げて施設の父に会ふよく似た顔のわれとおとうと

水張田に綿雲美しく映るあさ父に手渡す真白きシャツを

椎の風

風かよふ橘樹（たちばな）神社の木隠れに草引くひとのまろき背なみゆ

枇杷の実の豊かに生（な）れるひとところ音あるごとし風かよふとき

巨いなる枇杷の木多(さは)の実をもてど社にあれば捥ぐ人もなき

神(しん)病める一人となれる子のもとへ通ふ路地うら椎の風吹く

症状といふ語かなしくひびきたり言葉返せぬわが子のめぐり

炎暑日に日傘をささず外出して八十五歳の母に叱らる

返信のなくて今夏もすぎゆくか富良野に北の四季を撮る君

クーラーをつけてしづかな夜なれば真砂にしづむ巻貝おもふ

病棟に病む子は眠りみなづきのしろき月ゆく黐のこずゑを

病む父と病む子の間を行き来してもののひかりの淡き寂しさ

九十歳の男なる肢体はかく痩せて管四本を付けていませり

目開くれば現（うつつ）、瞑れば巻き戻る〈時間（とき）〉あるらしも父の身内（みぬち）に

街路樹も橋も濡れゐる雨の夜はつねより遠し施設への道

栞紐

本あまたありて読む人なき家に風を通さむ秋晴れけふは

噴水に寄りゆくわれの影淡くかなかな啼けり都市公園は

延命の措置はいいですソレヨリモ意識アルウチ穏ヤカナ死ヲ

月光のおよぶ窓辺に臥す父の白髪ゆたか死の近けれど

病む父と病む子をもてばこの秋は歌会とほく栗の季に入る

ちちのみのちちに褥瘡あらはれて命の水位下がりゆくらし

十月の夜の病室の一点をみつめて臥せり今際の父は

窓の外に十月十日の空澄みてもう息をせぬ父よこたはる

ここに来て父と見上げし松の木はけふ秋霖（あきづゆ）にぬれて雫す

遺影なる父を見るときわが内をゆたかにすぎてゆく時間あり

十月に返り咲きたる青桔梗、花色ふかし七月よりも

ひつそりと残んの花を付けてをり父亡き庭の白サルスベリ

よみさしのページにありし栞紐かがやく白を見て涙せり

三七日、七七日

靴五足ならぶ三和土のひそけさよ三七日ひるのひかりのなかに

道の辺に媼のひさぐ柿の実は祖母にもらひし手袋のいろ

祭壇の父は鴨居の父となり七七日（なななぬか）後の部屋のかびろさ

渚ゆくシギの姿は愛（いと）しきに極月ゆふべ見るは我のみ

雪とハモニカ

ペンネーム〈きしすすむ〉にて世にありし君を想へり雪積む夜は

良寛と寿司を好みし君なりき寿司食む姿うつくしかりき

きしさんがハモニカ吹けば批評場の才（かど）ある空気和みゆきたり

雪の夜の厨体操たのしけれ食器戸棚に上躯映して

ありふれた言葉でかはす挨拶も雪掻く朝は路地の活力

大気うつ雪融け水のきよき音（ね）を耳病むわれは心にて聞く

Ⅳ

沼杉

葦の辺に寄する水の音ちひさくて遠き橋ゆく車音を消せず

星空を背景にして沼杉は身ぬちに冥き水たたへたり

つれあひを喪くして百日目の母にお元気ですかと問ふ手紙来る

冬の月照る夜は部屋のカーテンのくらき斑葉（いさは）の紋様が浮く

朝刊に訃報載りをり六行の文に一生は折り畳まれて

しらうめに黄なる蘂ありその色をまもりてけふの空のやさしさ

隙土

きららかに空より降れる鳥のこゑとほき壺中の父にも届け

物置の内につけたる留め鉤に庭をきよむる箒を吊す

溝板と鋪道のあひの隙土（ひまつち）にたんぽぽは根付き茎伸ばしたり

父逝きて明るき虚空遺りたりリビングルームの書架のまへにも

香ばしきにほひをぐぐと焼き籠めたおにぎり食みぬひとりの昼に

立ち止まりポストに封書落すとき声ありとほく空のうへより

捨つべしと思ひて括る古書の上にやさしく春の陽の斑揺れたり

ポプラにはポプラの音色あるものか樹下(じゅか)に樹の香と樹のこゑをきく

座席（シート）とふやすらかなものあまた載せ夜行列車がホームに入り来

病める子を寝かせ初三の月の夜は音を抑へて食器を洗ふ

急階段下りて入れる地下書庫に本読む父のまぼろしと会ふ

真夜をゆく電車の音の長ければ父の生きたる昭和はとほし

釣り用の父のゴム長みなづきのわが瞑想のなかを行き来す

死してまた父は陽気な人となり星の光ればこゑ降るごとし

硬質の音

乱切りの野菜のごとく力づよし農に励める友の短歌は

たまひたる宮城のお米、鯛と炊き九十九里産刻みネギ添ふ

ふくらみてふくらみきれば青桔梗こらへきれずに花となりたり

もうわたし五日経つので枯れますとききやうは言ひて色褪せてゆく

望遠のレンズに見たるちさき町ブルーベリーの実ればおもふ

葉叢より出できて庭のかまきりは水撒くわれの水に濡れたり

地下書庫の奥の棚にて見つかりぬ父と読みたる広介童話

ものの影なくてしづけき炎暑日は蝶の羽曳く黒蟻も見ず

千円の治療費われの手より受け三十二歳の子は通院す

炎暑日を清しくするは研ぐ米と水より生（あ）るる硬質の音

ゼッケン4

目覚めたるむすめが窓を開けに立ち秋の焼きたてパンの香りす

みづぎはを明るい影のやうに行く少年ありて秋の薔薇園

雨霽れて直立ビルの八階にとろとろたうと湯葉うどん食む

〈いとこ会〉はじめませんかと従妹言ふさびしき秋の法事の席に

葉の色のオンブバッタもカマキリもわが視野の友草刈る朝は

夕つ陽が〈ゼッケン4〉を照らすとき高校時代の娘のことおもふ

曼珠沙華まあかく咲けば近寄りてあいさつのごと影を重ねぬ

みづからの目には見えざる耳孔とふ身のくらやみのなかを掃除す

もみぢ散る池に真鴨の二羽増えてたのしく坐(ま)さむ葉守の神は

うつし世の不思議のなかに立ち居して疲れいづれば花舗に花買ふ

時雨虹

暮れはやき季節にあれば湯の宿はオレンジ色に門辺を点す

残生のすこし見えきて昨年今年もみぢの山にむすめと遊ぶ

わたくしの落ちゆく先が大地です　落ちゆきながらもみぢ葉が言ふ

光太郎の妻の智恵子のふるさとに時雨虹みるその七色を

沼の面の夕陽をゆらし漕ぎゆけば葦間ゆ鴨のくうと鳴くこゑ

螺階

眠る町覚まさむほどの朝の陽を浴びて始発の特急を待つ

霜月はふたりの祖母の生まれづき茶飯に栗を入れて偲べり

わが目路（めぢ）にきんの螺階の顕つ見れば公孫樹のもみぢ土に落ちゆく

まはりつつ降れる公孫樹のもみぢ葉はこの世の外のひかりをはなつ

たましひにちひさなる火を点すごと稿を書くなり寂しき夜は

九十九里平野はむかし「海」にして町史の底に真砂の記憶

冬ざれの沼面を渡る鴨のこゑひとつ高鳴く声の寂しゑ

欠落

臘月のあさのひかりを浴びてをり卓の上の空（から）の一輪挿しは

雲の尾のちぎれて浮かぶ寒き午後、越の歌びと柊二を偲ぶ

木に葉無く駅に人無く元朝の町裏ひろし何の欠落

工事してはた処分して消しゆきし壁の大穴、きず深き家具

畳替へしたる畳のあをくして縁の模様の銀糸がひかる

タクシーのドアがひらきて人の脚、杖を支へに立ち上がりたり

はつぞらのかたすみに干す靴下をつつみて揺るる光やさしき

日を浴びて素心臘梅咲きをれば情(こころ)は憩ふその花の辺に

花の灯

老いははのうでに手を添へあゆむとき周囲の視線ぬくもりを帯ぶ

老い深きははに向かひて偉さうにものを言ふこと多くなりたり

臘梅を活けて花の灯ともしたり独り住まひのははの厨に

附箋また書き込みの字もそのままに『四季の無言歌』友に譲りぬ

エスカレーター降りてひらいたてのひらに手摺のゴムの温もりのこる

いつぽんの通路隔てて御遺族と参列者ありかなしみの夜

ふくらかに白もくれんの花咲きてきのふひとりの友喪ひき

新井薬師。

メジロ、ヒヨともに啼くなり境内はけふ九分咲きの桜やさしき

花びら膳

日照り雨降りて明るき掛け茶屋にわらびもち食むちひさき母と

紅鮭のその炙り身のくれなゐをははに差し出すご飯にのせて

涼やかな夏の雨滴をはぐくみてポストの上を流れゆく雲

降る雨のあがりたる昼紫陽花の小径をぬけて本借りに行く

水盤に活けゆく稚(わか)きあぢさゐはむかしわが着しブラウスの色

たまひたる遺品の硯青梅雨の朝の机上にありてしづけき

大小の印章のなかいまは亡き友の手彫りの印章まじる

百日紅（さるすべり）の花を仰げば甦るままごとあそびの花びら膳が

まつすぐに夫の男箸がのびてきてわが菜ひとつもち去られたり

百歳まんぢゆう

九十七の姑ゆつくりと立ち上がる　いのち愛(いと)しむやうにゆつくり

保険証失くしし姑と行く道のかなしきまでに乾きゐる白

丘のごとこんもりとした姑の背に両掌添はせて湿布薬貼る

もの言はずただに前のみ見て歩くふたりの母の病む夏の日は

父ふたり亡くてふたりの母病むに庭の黐の木ゆふべを匂ふ

黐は黐、薔薇は薔薇なる影まとひはづき星夜の庭なかに立つ

おはじきをせむとはは言ふ賜物の百歳まんぢゅう五つをならべ

玄関に三輪車おく向かひ家の主婦に礼してははの家辞す

虹が出てるよ

線路にはしづけき秋のひかりあり枕木の振動(ゆれ)をさまりしのち

氾濫の川の報道ききしゆゑ空の青さにまなぶた閉づる

ヒトよりも寿命の長き草木（さうもく）が庭にあること日々のやすらぎ

絵のなかの道ゆくやうに秋の野を療養中の息子とあゆむ

列車待つ高架の駅にテノールの男のこゑひびく〈虹が出てるよ〉

鍵託されぬ

橋ふたつ越えてわが行くちさき家、垣に山茶花咲くははの家

蜜かをる林檎の尻を拭くやうにははのゐさらひしらかみに拭く

要介護4の身なれど自宅にて看取ってほしいとあなたは泣けり

長男の妻と続柄書き添へぬ主たる介護者わが名の脇に

じゃんけんでグーを出すときてのひらはみえざる軸の硬きをつかむ

夜となれば夜のスリッパに履き替へてわたしひとりでする姑の世話

蛇口よりますぐに落つる水をみて介護の夜のこころ寄りゆく

一九二まで上がりし血圧は姑を寝かせてのちも下がらず

介護の苦などは詠はぬはうがよし空がどんどん低くなるから

こゑ低く般若心経誦する姑わが押す車椅子のなかにて

老いははは施設に入りてわれの手にひとつしづけく鍵託されぬ

亀

ひだまりに姑の白髪梳きながらわれの手指も春光を浴む

全身の重みをかけてはは坐る介護者われの導く先に

手鏡にうつる春陽のやはらかさあそぶ雀のこゑまで容れて

車椅子そろりそろりと押しゆけばいつか地平に行き着く感じ

百歳にちかきひと日を生くる姑ときに両手を空(くう)にひろげて

老いびとの奥に老いびと坐りゐてケアセンターは昼餉の時間

そこここに濃ゆき匂ひの〈溜り〉ありケアセンターの昼食時は

ははの言ふ景に生家の井戸のありいつも地物の西瓜浮かべて

沼面にはけふやはらかな水ありて亀の親子がゆつくり泳ぐ

原料の木の名おもへば匂ひ出づ手のなかにある朝のえんぴつ

とほき日の思ひ出びとにつながれる茶房も見えて春の奥多摩

林間の道を歩みてゆくわれを振り向かせたりヒガラのこゑが

花散りて季節移れるこの町に朝採り玉葱十キロを買ふ

あとがき

本集は『水の祈り』に次ぐ私の第四歌集です。平成二十四年秋より令和二年春までの作品の中から四一七首をほぼ制作順に収めました。

高齢の親と療養中の家族をかかえ、私はこの時期、月二回の歌会に行く以外にはあまり外出をせずに過ごしました。

タイトルの「黐の木」は庭にある黒鉄黐（くろがねもち）の若木からの命名です。十五年程前にこの家に移り住んだ時、リビングルームの南正面に小さな黒鉄黐の木を一本植えたのです。生命力のつよい美しい若木で、ぐんぐん大きくなりました。初夏に花をつけ、霜降のころ紅い実を結び、たくさんの鳥を呼ぶ四季折々のこの木の表情に、私はどれだけ励まされ、また慰められてきたかわかりません。

選歌はこのたびも高野公彦様にお願いいたしました。ともすれば逡巡しがちな私の作歌姿勢に、いつもきっぱりと的確なアドバイスを与えて下さる氏の存在なくして、今の私はないことを、改めて思います。

「飯塚書店令和歌集叢書」に私をお誘い下さり、丁寧な本づくりを進めて下さいました飯塚書店代表の飯塚行男様はじめ担当の皆様、ありがとうございました。校正、表記などの細かい点に関しましては、茂原勉強会の友人、尾崎潤子様にお力添えをいただきました。記して御礼申し上げます。

令和二年の世の中はコロナ禍で混乱を極めております。そして本集の準備をしておりましたこの秋、嫁ぎ先の母が老衰で亡くなり、娘が結婚し、私は満六十四歳の誕生日を迎えました。うつし世を流れる時間はいつも私の体内時計よりもずっと速く、ついてゆくのがやっとなのですが、そうしたズレの中に身を置くことが時に歌の原動力になることにも思い至りました。情報とスピードばかりが幅をきかせる時代ですが、せっかく歌を道連れに生きているのですから、できうる限りゆっくりと丁寧に日々を過ごしてゆきたいと願っています。

長い間私の拙い歩みを温かく見守って下さいました多くの方々のご厚情に、この場を借りて深く感謝申し上げます。

令和二年十月

朝比奈　美子

朝比奈 美子（あさひな よしこ）

昭和三十一（一九五六）年東京生れ。昭和五十七年「コスモス」に入会。六十三年「桐の花賞」を受賞。平成二年より二十六年終刊まで同人誌「桟橋」に参加。歌集『銀鎖』『手』『水の祈り』

現住所：〒二九七-〇〇二九
千葉県茂原市高師二六六-八八

コスモス叢書第一一八七篇
歌集『黐（もち）の木』

令和二年十二月十日　初版第一刷発行

著　者　朝比奈　美子
装　幀　山家　由希
発行者　飯塚　行男
発行所　株式会社 飯塚書店
http://izbooks.co.jp
〒一一二-〇〇〇二
東京都文京区小石川五-一六-四
☎ 〇三（三八一五）三八〇五
FAX 〇三（三八一五）三八一〇

印刷・製本　日本ハイコム株式会社

ISBN978-4-7522-8135-1　飯塚書店令和歌集叢書——10